집에 오는 길 시장에 들렀습니다. 발이 아픕니다.

해가 기울고 노란빛이 들어옵니다.

슥슥. 양파와 당근은 껍질을 벗습니다.

차락차락. 물로 씻고 여러 번 헹굽니다.

남은 건 담에 쓸 수 있게 바구니에 넣어 둡니다.

더워지고 있으니 머리칼을 묶어야 할지

짧게 잘라야 할지 고민입니다.

귀엽게 단발한 모습을 잠시 상상해 봅니다.

여름 불꽃놀이는 꼭 함께 가자.

매큼한 화약 냄새를 너도 좋아할까.

어두워지면 볼 수 있는 것들을 같이 보자.

보이지 않지만 보고 싶은 것들을 이야기할까.

다진 야채를 넣어 몸에 좋은 저녁을 먹는 날입니다.

네가 나를 안아 준 날

반짝반짝 빛나는 네가 찾아와

그림자투성이 나를 안아 준 날입니다.

아무렇지 않게 밥을 먹을 겁니다.

선풍기 소리, 풀벌레 노래 들으며

모기향 냄새, 젖은 풀 향기 맡으며

지은이　오 늘

77810
ISBN 978-89-966383-1-5
디자인 flower language
연락처 grimja27@naver.com
tel. 0505-555-2727
fax. 0505-555-2828
펴낸날 2019. 10. 10
초판 1쇄
펴낸곳 고무나무
book@gomutree.com